Village
« MASANGA M'BILA »

Paul-Louis KABASUBABO Koni

VILLAGE
« MASANGA M'BILA »
(vin de palme)

Musée Familial Yabili

ADIEU Paul-Louis Kabasubabo

BONJOUR "Courage" et "Témérité"
que tu as fait naître en nous!

Vieillir et mourir ne font plus peur!

Nathalie-i-grec-carré-Yabili-Yohali

AVANT-PROPOS

Je suis né le 1ᵉʳ juillet 1927.

En 2008, j'ai vu que j'étais en train de perdre un peu la mémoire ; il y avait des trous. Il fallait lutter. Je me suis dit : « pourquoi ne pas écrire ? »

Et je me suis mis à écrire.

Mes enfants et mes petits-enfants voulaient savoir « Qui j'étais ». Alors, mon premier livre a été une biographie où j' ai dit tout ce que j'avais vécu de ma naissance jusqu'au moment où j'étais pensionné.

Puis j' ai décidé d' écrire un livre par an.

À partir de mon quatrième ouvrage, j' ai voulu écrire, non pas seulement pour amuser le lecteur, mais pour à la fin tirer certaines leçons. Parce que nos ancêtres qui ne savaient ni lire ni écrire, racontaient des histoires captivantes qui se terminaient par un enseignement en sorte que si pareille situation se reproduisait, les jeunes savaient comment y faire face.

En particulier, je souligne l'importance du respect de la parole donnée.

P-L Kabasubabo[1]

---

[1] Transcripts des interviews avec Denise Maheo

(2014) et Jean Ngandu (2015)de Radio Okapi

Les 10 œuvres de l'auteur

Ma vie, un rude combat
Autobiographie (2008)

La lune est-elle habitée
Conte d'anticipation (2008)

Congo… Qu'ont fait nos pères du paradis ?
Essai politique (2009)

Elongi-Sanza se choisit un mari
Conte (2011)

Les calebasses magiques
Conte (2011)

L'amour ne vieillit jamais
Conte (2011)

Mulume, l' homme aux dix épouses et aux cent enfants
Conte (2012)

La vengeance du dieu de la forêt
Conte (2013)

La confiance se mérite
Conte (2014)

Village Masanga M'Bila
Conte (15 avril 2016, quinze jours avant son décès, le 1er mai 2016)

Illustrations des contes, choisies par l' auteur

SOMMAIRE

Avant-propos   P 5
Bibliographie   P 6
Introduction   P 9

Croyances et mésententes   P 11

Mvidi Mukulu intervient   P 13

Au village « Masanga M'Bila »   P 17

Le village se développe P 27

Abus d'impudicité et polygamie   P 31

Le démon de la volupté   P 51

Des générations plus tard P 61

La femme quittera son père et sa mère P 63

Le mort n'est pas mort : il contrôle l'exécution de la parole lui donnée   P 67

Fillette amoureuse de son enseignant P 69

Kolinga linga mibali misusu te : tiens-toi au serment donné à ton époux   P 73

Quand la curiosité mène à la perte de son fromage… P 79

Certaine politique n' est souvent que le non-respect de la parole donnée   P 83

Postface   P 89

INTRODUCTION

Un village occupait une position paradisiaque qui le rendit célèbre.

Alors que les bienfaits du palmier élaeis n'étaient pas encore connus en Afrique, ce village en comptait des milliers.

C'est pourquoi d'autres villageois voisins accouraient régulièrement pour goûter et acquérir son nectar : le vin de palme et aussi de l'huile de palme ou encore de la *moambe* dont on vantait tant les délices.

Pourtant, auparavant, le village était méconnu et occupait une terre aride où ne poussaient que difficilement des cultures vivrières.

Du jour au lendemain, il devint célèbre et connut une ascension vertigineuse.

Comment une telle transformation s'était produite en si peu de temps ?

Croyances et mésententes

La population du village vivait paisiblement sous la houlette d'un chef devenu vieux, mais encore fort sage.

À sa mort il fut remplacé par son fils aîné, jusqu'alors paisible, mais il était sous l'influence de son ami, le féticheur du village. Ce dernier lui fit croire qu'en impressionnant le peuple par ses simagrées, il deviendrait très puissant.

Et le fils aîné, devenu chef, devint un tyran qui obligeait les villageois et villageoises à adorer ses fétiches.

Mais le clan parrainé par le petit frère se révolta ; il choisit de se fier à la puissance divine de *Mvidi Mukulu*. Une dispute opposa les deux clans. Le petit frère préféra s'exiler.

Ils recherchaient de nouvelles terres. Ce n'était guère facile de trouver un endroit propice, d'autant que le féticheur leur avait prédit une mort certaine.

Chaque soir, la population se réunissait et invoquait *Mvidi Mukulu*.

Les chasseurs faisaient de même, avant de partir à la recherche de gros gibier.

Mvidi Mukulu intervient

Un soir, un chasseur isolé fut attiré par un gros rat qui avait une noix toute rouge dans son museau. Mais il ne la mangeait pas et semblait vouloir lui en montrer sa provenance.

Le chasseur intrigué et curieux. Il se fit explorateur. Il suivit le rat. De temps à autre, l'animal s'arrêtait pour l'attendre. Ils traversèrent la forêt et débouchèrent sur un large plateau alimenté par deux rivières.

Le jour venait de pointer à l'horizon, et l'homme ressentit la fatigue d'avoir marché toute la nuit. Il s'assit par terre et s'étendit au pied d'un arbre qu'il voyait pour la première fois. C'était un palmier. Et il s'endormit.

Pendant son sommeil, il rêva qu'un village serait bâti et qu'il comporterait quatre quartiers : le premier, bordant la forêt, serait le quartier des chasseurs, le second s'étendant jusqu'au bord de l'une des rivières, serait celui des pêcheurs, le troisième, s'étalant sur un grand terrain maraîcher, arrosé par les eaux de la deuxième rivière, serait celui des cultivateurs et le quatrième, surplombant l'ensemble, serait réservé au chef et aux constructions collectives.

Les quatre quartiers se rejoindraient sur une grande place qui servirait de lieu de rencontre pour le marché, pour écouter les messages du chef, pour les danses communes sous la pleine lune, pour des fêtes et des manifestations et rassemblements autorisés par le chef.

Alors qu'il rêvait, le rat ramassa des noix mûres et des chenilles appelées couramment en lingala « *m'pose* » et que l'on trouve dans de vieux palmiers, pourrissant à même le sol. Le rat monta sur l'arbre et il se mit à en ronger le dessus jusqu'à le faire saigner d'une sève dégoulinant comme un vin blanchâtre.

Et les gouttes extraordinairement fraîches du liquide tombèrent une à une jusqu'à noyer les lèvres de l'explorateur endormi et à s'infiltrer dans sa bouche, jusqu'à atteindre la gorge.

Il s'éveilla et comprenant la situation, il se plaça convenablement pour absorber le merveilleux liquide, jusqu'à étancher sa soif. Il regarda ensuite autour de lui et il vit le rat qui rongeait des noix et des chenilles. Il se sentit affamé et il imita le rongeur, jusqu'à se rassasier lui-même.

Il fut tenté d'explorer le plateau, sous la conduite du rat, mais cela pouvait attendre. Il devait rentrer annoncer la bonne nouvelle.

Il demanda au rat de le ramener au village. En cours de route, l'animal lui montra où les animaux sauvages venaient s'abreuver le soir, avant d'aller dormir.

Il arriva au village au moment où le chef, inquiet de sa disparition, organisait des équipes pour le rechercher. La première, sa femme, tout en pleurs, vint se jeter dans ses bras. Puis le chef de village lui demanda ce qui s'était réellement passé. La population patienta aussi pour apprendre la vérité.

Le disparu écarta délicatement son épouse et salua bien bas le chef. Il but une gorgée d'eau fraîche, puis il prit la parole et il parla.

« Mvidi Mukulu a entendu nos gémissements et il nous a montré un emplacement pour le village ».

Il raconta comment, conduit par un gros rat, il avait traversé toute la forêt et finit par trouver un emplacement réellement angélique convenant pour installer un grand village, baigné par deux rivières et sur lequel se trouvaient éparpillés des milliers d'arbres inconnus, à même de fournir une boisson toute fraîche et des noix pouvant tout aussi bien être mangées que produire de l'huile et sans doute, bien d'autres choses encore.

« J'étais très fatigué d'avoir marché toute la nuit. Je m'étais assis à même le sol sous un de ces arbres. Je m'étais assoupi et pendant mon sommeil, j'ai vu en songe comment serait construit le nouveau village ».

Il le décrivit la bourgade en détail. Et cela suscita l'engouement de la population qui, jusqu'alors, n'avait rien entendu de pareil. Aussitôt, le chef décréta la mobilisation générale de tous les hommes valides pour l'expédition qui se mettrait en route le lendemain de bonne heure. Seuls les vieillards, les femmes et les enfants resteraient au village.

« Maintenant, que chacun rentre chez lui pour préparer l'expédition et soit prêt à se munir de ses outils pour la chasse et la pêche, sans oublier, par précaution, de la nourriture pour deux jours. Rassemblement demain matin à la grande place dès qu'apparaîtront les premières lueurs du soleil. Et surtout, gardez jalousement le secret de cette nouvelle. Notre déménagement sera une surprise générale ».

Au village « Masanga M'Bila »

Le lendemain matin, tout le village était au rendez-vous. Personne ne voulut rater l'occasion de voir le nouvel emplacement. Guidé par le gros rat, le chef donna l'ordre de départ. La troupe se mit en mouvement en chantant des louanges à Mvidi Mukulu.

Lorsqu'elle atteignit l'endroit où les animaux sauvages venaient le soir, étancher leur soif, l'explorateur expliqua que c'était l'endroit tant rêvé pour en prendre facilement. Les éventuels et futurs chasseurs furent enchantés, car le village n'allait plus manquer de viande fraîche.

Finalement, tout le monde arriva sur un immense plateau et l'explorateur expliqua aux villageois attentifs son rêve et comment serait construit le nouveau village. Le rat monta sur un des arbres nouveaux et en rongea le dessus pour en faire couler le breuvage. Chacun eut l'occasion d'en goûter et de l'apprécier.

Après s'être restauré, le peuple voulut voir les emplacements réservés aux chasseurs, aux pêcheurs, aux cultivateurs et celui réservé au chef et dominant l'ensemble du village.

La décision fut alors prise de construire un palais digne d'un grand chef, ainsi qu'une maison de passage et une salle de réception.

Survint la nuit, une nuit étoilée. La population se remit à boire la sève de l'arbre et la trouva digne d'être appelée vin. Mais avant de se choisir un endroit pour passer la nuit, les chasseurs et les pêcheurs voulurent tester leurs outils et partirent à leurs occupations. Ils ramenèrent du gibier et du poisson à foison.

Aussitôt s'improvisa une grande fête à laquelle participa toute l'assistance, chantant et dansant. La nourriture et le nouveau vin étaient abondants. Cela leur plut tellement qu'ils décidèrent de donner des noms à toutes ces nouveautés.

C'est ainsi que naquirent le nom des noix « *m'bila* », du palmier « *ndjete ya m'bila* », du vin « *masanga m'bila* » et du village *mboka ya masanga m'bila*. Tout le monde en fut satisfait.

Et pour que personne d'autre ne vienne, un jour, revendiquer un morceau du terrain, il fut aussi décidé et accepté de se mettre au travail de construction du nouveau village dès le lendemain matin et de ne rentrer à l'ancien qu'après avoir fini les travaux. Satisfaits, ils acceptèrent de prendre chacun un sommeil réparateur, chacun se choisissant un endroit approprié pour y passer la nuit. Bientôt, le silence se réinstalla sur le plateau.

Tôt le matin, ils firent chacun sa toilette, puis ils se rassemblèrent pour rendre grâce à Mvidi Mukulu. Le chef envoya un messager pour dire à ceux qui étaient restés au village de ne pas s'inquiéter. Et surtout, qu'ils n'allaient pas les voir revenir de sitôt.

« Un nouveau village doit être construit. Notre retour, prévu pour bientôt, dépendra des travaux de construction. Que les femmes et les enfants commencent déjà à emballer les effets domestiques personnels, car nous reviendrons pour rester peu de temps, avant de repartir tous ensemble, pour le nouvel eldorado».

L'explorateur fut invité à arpenter le nouveau village, tel qu'il l'avait vu en songe. Il commença par découper l'emplacement en quatre parties : le quartier des chasseurs allant jusqu'à l'orée de la forêt, celui des pêcheurs conduisant jusqu'au bord d'une des rivières, celui des cultivateurs, coupeurs des noix de palme et tireurs de vin de palme occupant davantage de terres jusqu'au bord de la deuxième rivière, et enfin, le quatrième quartier réservé au chef et surplombant l'ensemble du village et ayant une vue sur la totalité de la région.

Tous les autres quartiers auraient leur maison de chef de quartier et celle du conseil de quartier. Avant de soumettre un litige au chef de village, tout cas devrait être examiné d'abord par le conseil de quartier.

Tout se ferait sur les indications de l'explorateur que l'on prenait pour un devin qui avait des réponses à tout.

L'on décida de commencer par bâtir le quartier du chef et de lui construire un palais digne d'un grand chef qui suscitera, bien sûr, des jalousies, mais avant tout le respect qu'on lui devait. Le travail fut réparti et chacun sut ce qu'il avait à faire. On aurait cru des abeilles au travail de construction de leur ruche.

À la fin de la journée, le chef apprécia le travail abattu. Tout serait terminé le lendemain et l'on pourrait passer à la construction des autres quartiers. Par la suite, chacun édifierait sa propre hutte. Seules les maisons des

chefs et des conseils de quartiers mobilise-
raient tout le monde.

L'explorateur, aidé par le rat, porta son
choix sur un endroit où avaient poussé
quatre palmiers en bordure d'un grand terrain et des eaux d'une des rivières. Il pourrait
y établir trois ou quatre champs. Comme il
deviendrait chef du quartier des cultivateurs,
sa maison lui fut bâtie par les habitants du
quartier, selon ses propres indications.

Les autres villageois construisirent leurs ha-
bitations de manière tout à fait sommaire, en
se promettant de les agrandir lorsqu'ils se-
raient rejoints par leurs familles.

À ce rythme, tout fut prêt au bout d'une semaine. Les chasseurs et les pêcheurs
s'occupaient de l'approvisionnement en
nourriture pour les bâtisseurs et aussi à emporter à l'ancien village. Les coupeurs de
noix et les tireurs de vin de palme firent de
même.

À leur retour, le village les accueillit comme
des héros. Les femmes retrouvaient leurs
maris, les enfants leurs pères et les vieillards
leurs fils. Ils amenaient des victuailles :
viandes, poissons, noix et vin de palme. Ils
les étalèrent sur le sol, et la liesse gagna
l'ensemble de la communauté.

Des chansons et des danses furent exécutées en remerciement à Mvidi Mukulu et, ensuite, ce fut la fête populaire. Cela stimula tout le village. Les tam-tams résonnèrent et l'orchestre du village improvisa un bal.

Le premier jour fut consacré au plaisir des retrouvailles : on s'embrassait, on riait, on mangeait des grillades, on goûtait des noix de palme et surtout du vin de palme qui, sans le vouloir, multipliait leur gaieté au centuple.

Les deux jours suivants, la population se mit aux travaux de déménagement, se disant qu'au plus vite ça serait fait, mieux cela vaudrait.

Avant de partir pour le nouveau village Masanga m'bila, ils allumèrent des feux pour brûler expressément toutes traces de ce qui pourrait leur rappeler les souffrances endurées pendant de longues années. Maintenant que tout était réglé, et qu'ils avaient un nouvel avenir, les autres villages pouvaient savoir qu'ils déménageaient. Et pour bien les en informer, les flammes et la fumée montèrent si haut dans les cieux, qu'ils étaient visibles à des centaines de kilomètres à la ronde. Ils rendirent grâce à Mvidi Mukulu.

Et ils se mirent en route.

Ils avaient mis des soins particuliers pour le transport des vieilles et des jeunes personnes. Elles retardaient le convoi, mais personne ne s'en énervait : tous ne rêvaient que de Masanga m'bila qu'ils allaient bientôt apercevoir.

Arrivés à destination, la fatigue du voyage se dissipa à la vue des nouvelles constructions érigées en si peu de temps. Ils criaient :

« Aucun village sur terre ne bénéficie d'une telle faveur de Mvidi Mukulu, surtout pas nos frères et sœurs qu'on avait quittés parce qu'ils préféraient rester sous la protection d'un féticheur. Notre village va susciter des convoitises, mais il attirera aussi beaucoup de personnes qui voudront venir s'installer chez nous ».

Le chef précisa :

« Ne seront admis ou acceptés à s'installer chez nous que ceux qui croient en Mvidi Mukulu. Les adeptes d'un féticheur n'ont pas leur place chez nous ».

Sur ce, chacun gagna son quartier et son logis. Par la suite, ils se regroupèrent sur la place publique pour remercier une fois de plus Mvidi Mukulu et son serviteur, l'explorateur. Celui-ci fut désigné adjoint et grand conseiller du chef. Mais fatigués par le voyage, ils se séparèrent pour être emportés par un profond sommeil.

Le matin suivant, les coqs ramenés de l'ancien village avaient beau lancer leurs cocoricos et les chèvres leurs bêlements, personne ne se réveilla. Tout Masanga m'bila dormait profondément pendant que les cochons trouvaient un terrain de délice dans la boue bordant les rivières, tandis que les vaches, escortées par un taureau, savouraient tranquillement de l'herbe fraîche. C'est dire que le nouveau village était déjà considéré comme un paradis terrestre pour humains et animaux.

Ce n'est qu'à midi que le village se réveilla. Hommes, femmes, enfants et vieillards se retrouvèrent sur la grande place publique, songeant déjà à satisfaire leurs ventres.

« Comme c'est beau et magnifique ! Aucun autre village ne peut trouver un emplacement comme le nôtre ! », répétaient toutes les bouches.

Désormais et à cause de toutes ces faveurs reçues, chaque quartier aurait l'obligation de remercier Mvidi Mukulu chaque jour, sous la conduite du chef de quartier.

La famille de l'explorateur montra l'exemple, en se mettant au travail. Puis, tous les cultivateurs se mirent au travail de débroussaillage, de défrichage et de labour des terres, avant de semer des graines ou de planter des boutures pour la saison prochaine. Le sol étant fertile et les eaux de la rivière, abondantes, les cultures ne tardèrent pas à germer.

Les coupeurs de noix de palme et les tireurs de vin de palme mirent aussi la main à la pâte pour élaguer les palmiers afin d'en obtenir le maximum.

Les chasseurs et les pêcheurs rapportèrent chaque jour de la viande et du poisson frais pour tous les villageois, sans aucune distinction.

Le village se développe

La nouvelle de l'établissement d'un nouveau village appelé Masanga m'bila se répandit au loin et des curieux de plus en plus nombreux se mirent à venir le visiter, goûter son vin de palme et rapporter la nouvelle chez eux.

Les anciens cousins et cousines de clan, restés à l'ancien village, furent les premiers à venir solliciter leur admission. On leur répéta la condition de se soumettre à l'autorité du chef et de croire en la puissance de Mvidi Mukulu. Ils acceptèrent tous. C'est ainsi que Masanga m'bila augmenta rapidement sa population.

L'ancien chef de clan et le féticheur, trop imbus d'eux-mêmes, furent les seuls à rester dans un village vidé de ses habitants et devenu fantôme. De plus, les menaces du féticheur n'avaient plus de prise sur les gens. Plus personne ne le craignait et l'on se permettait même de se moquer de lui.

Cet exemple entraîna d'autres personnes à solliciter l'admission dans le village Masanga m'bila. Heureusement qu'il y avait suffisamment d'emplacements pour tous et assez d'espaces pour eux dans les places publiques. Les quartiers se transformèrent en villages, et les chefs de quartier en chefs de village. Bientôt, le chef de village devint chef de groupement.

Mais chaque village était spécialisé et réservé à un corps de métier. Un chasseur ne pouvait exercer en même temps le métier de pêcheur ou de cultivateur. Les nouveaux venus avaient la latitude de s'installer dans le village de leur choix, pourvu qu'ils en aient opté le métier. L'ordre régnait. Chaque chef pouvait disposer de suffisamment d'hommes valides prêts pour agir bénévolement, si nécessaire.

Les villages se rejoignaient sur la grande place où se déroulaient tantôt le marché tantôt les danses de la pleine lune et d'autres manifestations et réjouissances ayant reçu l'agrément du chef de groupement.

Tous les après-midi, la grande place connaissait une animation hors de commun : les chasseurs vendaient ou, pour dire vrai, échangeaient leurs produits ; les pêcheurs leurs poissons, les cultivateurs leurs récoltes, les « *malufutiers* » ou tireurs de vin de palme, des calebasses de cette boisson, les coupeurs de régimes de palme, des noix. Et ainsi de suite.

Tous les soirs, sur la grande place, un grand feu de bois était allumé et l'on pouvait voir, dans les lueurs que les figures reflétaient la joie de vivre dans le nouveau village : on riait, on se racontait des histoires ou aventures vécues et, surtout, on sirotait du vin de palme.

Le renom de cette boisson nouvelle se répandit dans tout le continent africain, au point que des gens parcouraient des milliers de kilomètres pour visiter Masanga m'bila, ce village que tout le monde vantait les qualités.

Et, avant tout, son vin.

Abus d'impudicité et polygamie

Ils étaient devenus riches. Mais la richesse du village et des villageois mène parfois à des changements de comportements. C'est ce qui arriva à la descendance de l'explorateur.

Voyant qu'il ne lui restait qu'un seul enfant survivant, l'homme épousa une autre femme dont il était très épris. Mais de cette union ne naquit qu'un seul enfant de sexe mâle. Quand l'homme et la femme se rendirent compte qu'ils ne pourraient en avoir d'autres, ils se consacrèrent à sa formation comme agriculteur.

Jeune encore, il les accompagnait aux champs jusqu'à vouloir les imiter. Devenu adolescent, il prit goût à les aider dans l'aménagement d'un deuxième champ. Mais bientôt, il voulut faire le travail tout seul et sans la participation des parents. Cela montrait son amour de devenir réellement agriculteur. Les parents s'adonnèrent à améliorer le premier champ ; ils ne s'occupaient du deuxième qu'au fur et à mesure de l'avancement des travaux. Un soir, les parents mirent leur fils en garde de ne jamais tirer sauvagement du vin de palme des quatre palmiers situés à l'arrière de leur habitation. Ils lui montrèrent comment récolter convenablement la boisson et qu'il importait de l'échanger contre du poisson ou de la viande de chasse.

Comme les parents fondaient beaucoup d'espoir sur leur enfant, ils lui faisaient totalement confiance au point qu'un jour ils le laissèrent seul aux champs. Et, eux, ils partirent se promener pour se changer les idées dans la forêt toute proche.

L'idée était bonne en soi, mais la Providence avait décidé autrement.

Soudain, ils se trouvèrent face à face avec un léopard blessé et qui était poursuivi par des chasseurs. Ils reculèrent, mais le fauve, plus rapide, sauta sur eux et commença à les taillader en mille morceaux. Mais aussitôt après surgirent des chasseurs. En les apercevant, l'animal sanguinaire s'enfuit et disparut dans la forêt dense.

Les chasseurs essayèrent de ranimer les blessés, mais hélas, ce fut peine perdue : ils étaient bien morts. C'est ensuite qu'ils reconnurent l'homme qui n'était autre que le chef du village des cultivateurs et un descendant de l'explorateur. Ses cultures étaient les plus belles et connues dans toute la contrée.

Des émissaires furent dépêchés pour prévenir leur fils, le chef et l'ensemble du groupement. L'homme était un éminent personnage et sa perte affecta tout le peuple. Un deuil communautaire fut décrété et la population, en pleurs, vint s'incliner devant les dépouilles. Les chasseurs jurèrent de ne connaître de repos qu'après avoir tué le léopard mangeur d'homme.

Seul le fils, très accablé, ne comprenait rien à cette mort. Comment ses parents, après lui avoir parlé et donné des conseils, ont pu être émiettés ainsi par un léopard sorti on ne sait d'où ? Qui le conseillerait désormais et l'aiderait à surmonter les écueils de la vie ? Un découragement total l'envahit.

Après l'enterrement, des amis de ses parents lui proposèrent de venir habiter chez eux, mais il déclina toute aide, préférant s'enfermer sur lui-même. Il ne sortait plus de la maison familiale si ce n'est pour se rendre aux champs. Il n'avait aucun ami, ni même une petite amie sur qui compter. Comment allait-il surmonter sa déprime ? Bientôt, les travaux de champ ne l'intéressaient plus, alors qu'ils l'accaparaient du vivant de ses parents. Il ne se rendait plus aux champs que pour cueillir ce dont il avait besoin pour sa survie.

Le comble fut qu'il se mit, tout d'un coup, à boire du vin de palme tiré des quatre palmiers situés à l'arrière de la parcelle familiale. Alors que ce vin avait toujours servi à être échangé contre des produits de chasse et de pêche, il ne servait désormais qu'à sa consommation personnelle.

Et il buvait. Et il buvait. Jusqu' à perdre son équilibre. Quand il se promenait dans la rue, les enfants le suivaient, le traitant de « *Molangwi* » (soûlard). Mais il faisait semblant de ne rien entendre ni voir et il poursuivait son chemin en titubant. Des adultes de sa connaissance s'interposaient pour éloigner les enfants moqueurs ; mais ils revenaient aussitôt avec l'espoir qu'il trébucherait ce qui leur donnerait l'occasion de se moquer de lui davantage.

Un ami intime de son père eut des larmes aux yeux en voyant comment était devenu le fils qui avait été considéré comme un modèle. Il lui rendit visite très tôt le matin pendant qu'il était encore sobre et sain d'esprit. Il lui fit miroiter l'idée d'avoir une charmante et forte femme qui s'occuperait de la tenue en bon état du logis et des plantations héritées de ses parents.

« Ta maison ressemble à une porcherie et tes champs sont envahis par de la broussaille, comme s'ils n'avaient jamais été entretenus. Réfléchis ! Du vivant de tes parents, qui s'occupait des cultures, même avec amour ? »

Le fils avoua qu'il se souvenait de cette belle époque. Le visiteur lui expliqua l'avantage d'avoir une épouse.

Le fils comprit et supplia qu'on l'aide dans les démarches coutumières pour trouver et prendre épouse. Le visiteur lui demanda de le considérer comme un oncle, remplaçant de son père. Avec cette qualité, tout serait entrepris par lui. Il lui imposa néanmoins une condition.

« Tu vas modérer la consommation du vin de palme. Si tu sens que tu ne peux pas t'en passer, alors, reste à la maison, et tu éviteras les moqueries des passants, et, surtout, celles des enfants ».

Pour la première fois, il se rendit compte qu'il était devenu comme une loque et qu'il était l'objet de moqueries. Comment en était-il arrivé là ? Ses parents n'auraient jamais accepté une telle déchéance. Ce ne serait pas facile de faire marche arrière, mais l'essentiel était de commencer la remontée et, plus tard, il serait aidé et soutenu par sa future femme.

L'ami du père, devenu son oncle, finit par repérer une personne à marier. C'était une femme pas fort belle, mais pourvue de biceps qui témoignaient sa force corporelle. Elle était également forte de caractère. Ses parents étaient des pêcheurs et elle vivait au village des pêcheurs. C'est ainsi que les futurs époux ne se connaissaient pas.

L'oncle commença les démarches pour le mariage. On lui exigea d'apporter une dot composée de calebasses de vin de palme, de noix de palme et de produits de champ. Comme le fils avait négligé l'entretien des champs, l'oncle lui demanda de les rechercher au loin, dans la brousse. C'était plus difficile et cela le fit réfléchir davantage et il résolut de reprendre les travaux de champ avec l'aide de son épouse.

Après le versement de la dot, eut lieu la cérémonie du mariage coutumier. C'est alors que le fils vit pour la première fois sa future femme. Et il l'embrassa. Lui, qui, de sa vie, n'avait jamais pu approcher une femme, se mit à se frétiller comme un poisson dans l'eau et déploya tout ce qui pourrait le montrer intéressant, à la fois beau, charmant et bien éduqué. Bientôt, le courant passa entre lui et la jeune femme. Ils surent, dès cet instant, qu'ils étaient faits pour s'unir et vivre ensemble toute leur vie.

Le lendemain, la future épouse fut autorisée par ses parents, à rendre visite à son mari et l'aider à aménager la hutte qui, désormais, serait aussi la sienne.

Elle arriva à l'improviste et trouva son prince charmant en train de dormir à côté de trois calebasses de vin de palme. Deux avaient été complètement vidées, et la troisième, à moitié. Elle ne le réveilla pas, sortit dans la cour où elle coupa des branches de palmier qu'elle utilisa pour dépoussiérer et nettoyer la maison. Pendant tout ce temps, le dormeur était toujours assoupi et cuvait la grande quantité de boisson qu'il avait absorbée.

Quand tout fut terminé et que la hutte fut nette et propre, elle s'assit à côté de lui et se mit à poser sur son visage de petits coups de baisers. Cela le réveilla brusquement. Il crut d'abord qu'un « *moyibi* » (voleur) était entré dans sa maison. Il s'apprêta à crier et à appeler du secours, mais elle l'embrassa en lui fermant la bouche par un baiser profond. Et même sonore ! Elle s'arrêtait de temps à autre pour murmurer à son oreille que ce n'était qu'elle, sa future épouse.

Il se réveilla complètement, et écarquillant les yeux, il la vit toute resplendissante, avec des seins fermes dont les bouts pointus se dressaient comme deux yeux fascinants, qui l'observaient et l'hypnotisaient plus que jamais. Sa première réaction fut de l'embrasser à son tour avec effusions. Puis, machinalement, il tenta de l'entraîner dans sa litière. Mais elle lui demanda de patienter quelques jours encore, jusqu'à la cérémonie de mariage. Il s'apaisa non sans peine.

Regardant autour de lui, il s'émerveilla du nouvel état de sa hutte. Tout était propre et chaque chose, à sa place. Il comprit définitivement la nécessité d'avoir une femme à côté de lui et il jura qu'après le mariage :

« J'arrêterai complètement de boire du vin... J'accéderai à tous tes désirs... »

Il pouvait le dire parce que c'était surtout la solitude qui, jusque-là, le poussait à la boisson. La présence de sa femme l'aiderait énormément contre l'envie de vouloir boire, et toujours plus, de l'alcool.

Contente de cette promesse, elle le gratifia d'un très, très long baiser.

« Tu seras mon petit mari. Je n'accepterai pas que mon mari soit appelé « Molangwi » (soûlard) ».
Et ils partirent se promener, bras dessus, bras dessous, plus unis et en parfaite harmonie. Quelque chose avait changé chez l'homme. La jeune femme lui demanda alors de ne jamais penser à en prendre une autre.

« Jamais et au grand jamais, je ne prendrai une autre femme que toi » jura-t-il, à plusieurs reprises.

Malheureusement, le temps s'écoula trop vite. Sentant approcher l'heure de la séparation, ils commençaient à devenir tristes. Mais la jeune femme promit de revenir le lendemain pour préparer un repas qu'ils prendraient ensemble. L'homme redevint de bonne humeur ; il sourit à nouveau et c'est tout heureux qu'il la ramena chez ses parents.

Arrivés au village des pêcheurs et à l'habitation de la jeune femme, ses parents virent tout de suite combien l'entente régnait déjà entre les deux. Ils promirent d'organiser les festivités de mariage coutumier dans les trois jours. Ils demandèrent au futur époux de leur communiquer le nombre et les noms des parents et amis à inviter au festin.

Avant de se séparer, elle promit de venir le lendemain pour l'aider à dresser la liste des invités. Et lui, rentra chez lui très apaisé et content d'avoir trouvé la perle rare qui entretiendrait la maison et s'occuperait des champs, jusque-là, à l'abandon. Il profitera de sa force et de son endurance pour l'aider à devenir un vrai homme conscient de ses actes. Pour la première fois de sa vie, il se retint de prendre une gorgée de vin de palme et rêva longuement d'elle et à ses attouchements agréables et intimes.

Il imagina le musicien Kabasele chanter « *Pesa le tout, oh maman… »* (Donne-moi tout ton corps, oh, maman). Et orné d'un très large sourire, il s'endormit profondément.

Le matin, il se réveilla tout joyeux et se mit à réunir le nécessaire pour la préparation du repas : un morceau de viande boucanée, de la farine de manioc, de l'huile de palme, de l'eau, des condiments, sans oublier des marmites et des branches de bois découpé pour faire le feu.

Par une coïncidence bénie, elle arriva lorsque tout fut prêt. Il était tellement joyeux de la revoir, qu'il sauta de son siège pour l'accueillir affectueusement avec des baisers multiples et interminables et des accolades intimes. Ne doutant plus un seul instant de la sincérité de leur amour, elle lui rendit baisers et caresses au centuple. Mais sans aller plus loin ; elle sauvegardait sa virginité pour le jour du mariage.

« Dans deux jours, nous serons unis par les liens de mariage et tu pourras goûter mon fruit autant que tu le voudras. Prends patience. Il faut d'abord que ma virginité soit constatée pour mon honneur et celui de mes parents ».

Qu'ajouter à une telle réflexion sensée ? Une douche rafraîchissante n'aurait pas fait mieux.

La jeune femme se mit à préparer le repas. L'homme escalada un des palmiers et tira une calebasse de vin de palme tout frais pour arroser le repas. Ils prirent un repas entre amoureux, mais aussi un repas de travail. Ils savouraient la nourriture en échangeant des regards tout autant voraces et délicieux. En même temps, ils établirent la liste des personnes à inviter à leur mariage.

Vint le plus beau jour de leurs vies, car c'est ainsi qu'on nomme le jour du mariage. Tous les invités étaient présents. Les familles présentèrent les mariés. Et ce fut la grande fête, animée par l'orchestre du village. On buvait, on mangeait, on riait, on chantait et on était poussé à la danse par des jeunes filles du village.

Le marié était subjugué par les contorsions des danseuses. Il manifestait l'envie de les rejoindre. La femme l'entraîna à l'écart pour lui faire une bien meilleure démonstration de déhanchements corporels, et pour lui tout seul. Elle lui fit voir, entendre et goûter bien de délices dont Mvidi Mukulu avait pourvu la femme pour qu' elle les partage avec son homme. Lui se sentit transporté au septième ciel. De là-haut, il lâcha :

« Makanisi malekeli ngai mingi. Soki na moni yo, motema eza ko beta nduku nduku, mposa kaka na liya yo. Nzoka bolingo ezalaka boye, elekeli ngai mpe mingi ». (Trop de pensées me hantent. Quand je te vois, le cœur bat vite et je désire seulement te prendre. L'amour est ainsi fait et cela me dépasse beaucoup).

C'était l'aveu d'un homme simple qui, de sa vie, n'avait jamais abordé une femme. Cela plut à la femme, jusque-là vierge, qui ajouta :

« Ndjotu na ngai ndjotu na yo mei. Sala inso yo olingi » (Mon corps est ton corps. Fais tout ce que tu veux).

Plus tard, ils regagnèrent la fête sans être vus ; mais l'homme n'avait plus d'yeux que pour sa femme.

« Bolingo elekeli ye ». (L'amour le dépasse).
Il devenait comme fou, ce que les anciens avaient prévu dans leur dicton :

« Bolingo soki eleki ndelo epesaka liboma ». (L'amour, quand il dépasse les limites de la normale, rend fou).

Le premier chant de coq donna le signal de la nuit des noces. Le couple se retira officiellement dans la chambre de la femme.

Ils partagèrent leur amour.

Par la suite, les familles furent informées qu' ils avaient consommé le mariage dans l' honneur des mariés et de leurs familles. Elles formèrent un cortège pour les accompagner en chantant et en dansant à leur demeure.

Les parents de l'épouse portaient de nombreux effets qui composaient le trousseau de la mariée et qui lui serviraient dans ses nouvelles tâches d'épouse.

Une fois installés et laissés seuls, l'homme s'empressa à satisfaire ses penchants pour la femme. Il était devenu insatiable. Que ce soit dans la maison ou dans les champs, il était toujours actif.

« Soki oboyi ngai, na ko mi boma ». (Si tu me refuses, je me tue).

Au début, ces empressements inassouvis plurent à la femme, tellement contente de voir que son mari ne pouvait pas se passer d'elle. Mais, les choses se compliquèrent quand elle tomba enceinte. Sur recommandation expresse de ses parents qui tenaient à la venue d'un petit-fils en parfait état de santé, elle diminua ses propres ardeurs et commença à espacer leurs relations et parfois, elle les refusait.

L'homme ressentit les réserves de sa femme comme une perte de *« bolingo »* (amour).

La femme lui affirma qu'elle l'aimait encore davantage, depuis qu'elle portait en elle leur enfant. Elle précisa qu'elle ne voulait en aucun cas mettre en danger la vie de leur bébé. Mais lui ne voyait que la diminution du nombre de leurs contacts intimes. Ce fut l'incompréhension. Et lui, qui n'avait jamais approché une autre femme que la sienne, se mit à y penser.

« Toutes les femmes pourraient être aussi adorables, autant en épouser une deuxième ! »

Il invita son oncle à manger. Après le repas, et alors que personne ne s'y attendait, il annonça son intention de se marier avec une deuxième femme du village des cultivateurs.

« Elle pourrait s'occuper de l'entretien des deux champs ».

L'épouse était très épuisée par sa grossesse et elle pensait avant tout à la ménager. Elle ne s'opposa pas à l'étrange désir et à la drôle d'explication de son mari. Elle s'occuperait davantage du futur bébé, en s'efforçant d'ignorer les expériences aventureuses de son mari.

C'est ainsi que l'oncle entreprit des démarches pour un second mariage. Elles aboutirent après seulement deux jours. Et l'homme épousa une deuxième femme.

La nouvelle élue, habituée aux travaux de champ, y passait tout son temps. Le mari ne la quittant pas, et ils échangeaient plusieurs fois leurs faveurs sous la voûte céleste.

Mais, aussi la nuit venue, ils se retrouvaient à trois dans la même chambre avec la première épouse enceinte. Et les deux poursuivaient leurs caresses.

L'homme avait oublié ses belles promesses :

« Jamais et au grand jamais, je ne prendrai une autre femme que toi » avait-il juré.

L'épouse enceinte restait calme et sereine. Plutôt, elle maîtrisait sa révolte et sa nervosité. En ne pensant qu'à sa grossesse, elle ignorait les ébats des deux autres, à ses côtés.

Finalement, elle accoucha. Elle mit au monde un très beau bébé. À la nouvelle, les grands-parents accoururent avec des cadeaux et des victuailles et ils improvisèrent une fête pour l'accueil de bébé.

C'est alors que l'homme retrouva ses esprits. Il regretta d'avoir abandonné sa femme. Il s'empressa de la congratuler et de l'embrasser affectueusement. Voyant combien le bébé était mignon, il imagina sa propre naissance, et combien ses parents avaient été fiers et heureux de sa venue au monde.

Oui, son épouse avait diminué d'ardeurs pendant la grossesse, mais elle n'avait agi que pour le bien de leur bébé. Son épouse l'aimait toujours et, pour preuve, elle était prête à lui pardonner ses égarements. Dans quelques mois, il bénéficierait à nouveau de ses charmes ardents, après que le bébé aura grandi et aura été sevré.

Ils passèrent la nuit à trois, mais cette fois, le troisième dans la hutte était le bébé qu'ils dorlotèrent. L'autre femme dormit seule sur une natte dans l'antichambre.

Le lendemain, la deuxième épouse partit seule aux champs, sans dire un mot. Et pour la première fois, le mari ne la rejoignit pas pour la cajoler. Mais elle revint en compagnie de ses parents qui annoncèrent qu'elle aussi était enceinte…

Cela signifiait qu'elle aussi allait dorénavant soigner davantage sa grossesse que les envies du mari. L'homme avait deux femmes, mais toutes deux lui refuseraient leurs faveurs pendant une bonne période. Il perdit la tête.

« Sans étreintes, je suis mort. »

Il entreprit lui-même les démarches pour trouver et épouser une troisième femme. Celle-ci tomba vite enceinte, il en prit une quatrième. Et ainsi de suite jusqu'à ce qu'il eut dix femmes.

Ces épouses étaient comme de la richesse.

Elles étaient de la main-d'œuvre gratuite pour les travaux de champs. Elles lui rapportaient de plus en plus d'enfants. Chaque femme disposait d'une hutte personnelle où elle logeait avec ses propres enfants.

À tour de rôle, et selon un calendrier bien rodé, chacune rejoignait le mari commun dans la maison principale pour satisfaire à sa gourmandise d'agréables moments. Les rotations étaient effrénées ; les programmes chargés.

Mais au fur et à mesure que les années passèrent, l'homme constata qu'il lui fallait davantage de temps de repos, comme pour recharger ses batteries sensuelles.

Les herbes et racines médicinales ne purent lui maintenir ses vigueurs et ardeurs d'antan.

En un mot : il était devenu vieux.

Un jour, il réunit en conseil de famille, toutes les dix épouses et leurs enfants et leur tint ce langage :

« Je dispose de trois champs que je lègue dès à présent : le premier à mes dix femmes, le deuxième à mes fils et le troisième à mes filles. À vous de bien les entretenir, car ils vous appartiennent désormais ».

Et à partir de ce moment, il ne fit plus rien d'autre que de s'asseoir dans une chaise longue, de somnoler ou de fumer sa pipe.

Ses femmes et ses enfants le choyaient.

Mais lui, il rêvait sans cesse des anciennes jouissances de sa vie. Mais, un jour, le démon vint troubler cette harmonie.

Le démon de la volupté

Un jour, l'homme vieillissant faisait sa sieste. En somnolant, il rêva d'une jeune et belle fille qui le comblait au-delà de ses désirs et de ce qui lui restait comme énergie. Il sursauta et ouvrit les yeux au moment précis où passait devant sa chaise longue une adorable jouvencelle qui se dandinait sur le chemin de la rivière. Et, par provocation, ses seins aux contours parfaits étaient dressés pour aiguiser la convoitise. Il y avait belle lurette qu'il n'avait plus vu de tels seins, ceux de ses épouses avaient été laminés par l'âge et par la voracité des multiples bébés qui les suçaient sans arrêt.

Il suivit des yeux la jeune amazone à l'aller et au retour de la rivière.

« Si je pouvais avoir une telle femme ! »

Il avala la salive. Après tout, il devait être satisfait de ses dix épouses.

Mais lors de sa sieste du lendemain, il refit le même rêve et, sursautant à nouveau, il aperçut une nouvelle fois la même jeune demoiselle encore plus excitante, au moment précis où elle se dandinait dans son champ visuel. Et il pensa à nouveau :

« Ah ! Si je pouvais avoir cette belle petite femme ! »

Une fois de plus, le bon sens surmonta et élimina ses envies. Il reprit sa sieste, mais il fut envahi par les images de son rêve, renforcées par celle de la belle qu'il avait revue.

Le troisième jour, il s'étendit sur sa chaise longue, mais il résista vaillamment à la somnolence. Il attendait le passage de la jeune adolescente en s'agitant à chaque bruit sur le chemin. Il n'allait pas la rater…

De loin, l'amazone aperçut l'agitation de l'homme qui était comme un poisson qui avait avalé son hameçon. Il lui suffisait de tirer sur la ligne pour le pêcher et le mettre à cuire dans sa casserole. Elle s'avança sur le chemin en se dandinant dans tous les sens : de haut en bas, de gauche à droite en sorte que ses seins dansaient et tournoyaient comme des ballons entre les mains d'un jongleur. Et à suivre les mouvements des deux parures de la belle poitrine, l'homme attrapa le vertige. Et il avala l'hameçon. La fille l'avait bel et bien accroché. Et tel un somnambule, il la suivit chez ses parents.

« Je veux épouser votre fille », leur dit-il.

Comme s'ils s'attendaient à ce que leur fille leur ramène un jour une pêche miraculeuse, les parents exigèrent comme dot la moitié d'un de ses célèbres champs. L'homme hésita, se rappelant qu'il avait déjà donné ses trois champs à ses femmes et à ses enfants. Il promit de réfléchir et de revenir le lendemain avec une réponse.

Tout au long du chemin de retour, il se mit à réfléchir sur la meilleure façon d'amadouer sa famille pour qu'elle accepte son désir de prendre une onzième femme et d'offrir, comme dot, la moitié d'un des trois champs.

Mais les femmes se fâchèrent et lui rappelèrent sa promesse de ne plus se marier. Quant aux champs, ils ne lui appartenaient plus : ni les femmes, ni les enfants, garçons et filles n'acceptèrent de céder une partie de leur bien.

Il se fâcha à son tour et décida d'autorité de reprendre la moitié du champ appartenant à ses épouses et de la céder à la nouvelle. Les femmes poussèrent des cris d'indignation, mais l'homme resta de marbre.

« Il vous suffit de défricher un terrain vide en remplacement de la partie cédée. Vous êtes nombreuses et assez fortes pour cela ».

Le lendemain, l'homme annonça qu'il acceptait les modalités de la dot ; aussitôt les nouveaux beaux-parents accompagnèrent leur fille prendre possession de la moitié du champ. Ils furent accueillis par des huées de toute la famille réunie, épouses, garçons et filles, mais impuissants à empêcher cette expropriation.

La nouvelle épouse s'installa dans la grande maison du mari. Fâchées et humiliées, les dix épouses aînées commencèrent à imaginer tout ce qui pourrait nuire à la nouvelle venue et surtout, lui faire sentir qu'elle était indésirable dans le groupe des femmes.

L'époux, bien que ne pensa d'abord qu'à ses propres satisfactions. Mais il finit par sentir des étincelles parcouraient l'air et risquaient de mettre le feu à tous les membres de sa nombreuse famille. Il devait prendre une initiative et prévenir la catastrophe. Il appela les dix épouses et leur dit que la nouvelle n'ira plus aux champs.

« Elle restera en permanence à mes côtés », dit-il.

Mais il se garda de les provoquer en précisant que si la onzième restait auprès de lui, c'était pour le cajoler sans cesse et satisfaire ses désirs rajeunis et redevenus insatiables.

Chaque jour, les nouveaux beaux-parents venaient récolter des produits du champ qu'ils avaient reçu en dot. Un champ cultivé par d'autres que leur fille. C'est pourquoi les dix épouses les conspuaient et les traitaient de profiteurs et de voleurs. Mais elles ne parvinrent pas à dissuader les beaux-parents de revenir au champ, encore et encore.

Lasses, les dix décidèrent de se plaindre auprès du chef de groupement. Celui-ci porta l'affaire au grand conseil. Et contre toute attente, les femmes obtinrent gain de cause :

« Le champ vous appartenait et votre mari n'avait plus aucun droit d'en disposer comme bon lui semblait. Et si les nouveaux beaux-parents s'y amènent encore, ils seront considérés comme des voleurs et traités comme tels ».

Les femmes jubilèrent.

Le mari grinça les dents.

Les beaux-parents décidèrent de reprendre leur fille, puisque la dot n'existait plus.

Mais la révolte et la victoire des dix femmes donnèrent des idées à la onzième. Elle refusa de suivre ses parents.

Dot ou pas dot, elle resta avec son amant.

Le mari ne grinça plus les dents. Il avait triomphé en gardant sa belle. Et il ignora totalement les épouses qui l'avaient traduit en justice. Il n'avait plus d'attention que pour la nouvelle qui, en échange, était aux petits soins pour lui. Avait-il besoin d'étancher sa soif, d'apaiser sa faim ou même de satisfaire le moindre de ses désirs ? Elle était toujours là en permanence.

Pour dire vrai, la fille était devenue folle de l'homme. Derrière son aspect vieillissant, il était encore actif et attentionné, et même une sorte d'expert et d'artiste qui lui donnait le meilleur des expériences acquises avec les dix autres.

« On récolte ce qu'on a semé »

Et la conséquence de leurs étreintes enflammées, multiples et répétées arriva : elle se trouva enceinte.

Son état de future maman la renforça dans son éloignement de ses parents. Selon les habitudes, le responsable de la grossesse devait veiller sur la future mère. Et elle comprit qu' elle avait conquis le droit de poursuivre la cohabitation avec le père du futur bébé.

Mais elle n'avait personne pour la conseiller dans son comportement et dans ses soins pendant la période. Personne du côté de ses parents avec lesquels elle s'était brouillée. Personne non plus du côté des dix autres femmes expérimentées avec lesquelles elle n'entretenait aucune relation.

Elle n'écouta que son cœur de jeune amoureuse et ses élans d'amante. Elle poursuivit des relations avec son mari. Celui-ci augmenta leur rythme ; c'était la première fois qu'il se frottait à un ventre habité par un être qui manifestait parfois sa présence. L'homme était excité et il transmit son engouement à la jeune femme qui oublia le petit qu'elle portait.

« Le fruit défendu est délicieux, par « ndoki » (diable, sorcier) ».

Leurs excès finirent mal.

À l'accouchement, elle mit au monde un mort-né.

Aussitôt, la jeune mère se mit à pleurer sans arrêt. Et, entre ses sanglots, elle traitait les dix autres épouses de sorcières.

« Il faut bien que le malheur vienne de quelque part. Et tout malheur a son sorcier ».

Cette nuit-là, le mari était attristé. Mais l'état désespéré de la jeune mère lui avait enlevé toute attirance. L'homme était un vicieux et un insatiable, même avec un bébé mort sous son toit. Il ne put résister à ses pulsions.

Sans attendre, il sortit chercher une satisfaction du côté de ses anciennes femmes. Et, en respectant l'ordre de préséance, il invita la première à venir le soir partager sa couche.

Son audace paya, car la première accepta. Mais elle lui exigea que ce ne soit pas pour une seule fois, ni pour une seule nuit, ni avec elle seule. Il devait rétablir l'ancienne organisation avec une nuit pour chaque épouse, selon un calendrier bien établi et respecté. Même la dernière venue serait incluse dans la rotation nocturne.

« On ne lui reprochera pas ce qu'elle obtiendra, en plus, pendant la journée… », ajouta-t-elle.

L'homme appela toute la famille, pour dire :

« J'accepte la décision du tribunal. Un bien donné ne peut pas être repris. Nous sommes aussi une famille. Vous mes femmes, vous avez donné mon sang. Vous mes enfants, vous portez mon sang ».

Il arrive que les haines et les disputes se terminent aussi brusquement que l'éclat du soleil apparaît après un violent orage et illumine une nature devenue plus belle.

« La réconciliation est scellée en partageant symboliquement un repas, le fameux vin de palme, sans oublier les chants et les danses. »

L'entente revint dans la grande famille.

Tous participèrent au deuil, s'occupant même de l'enterrement du mort-né. La nouvelle fut admise dans la communauté des épouses, au onzième rang. Elle comprit qu'elle ne devait plus ignorer les dix épouses aînées.

C'est ainsi au'au village Masanga M'bila on dit :

« Badiadia badiadia ba kafuisha mbayabu mu ditu »

(littéralement : quand les femmes aiment trop manger, elles finissent par faire mourir leur mari à la forêt — c.-à-d. quand les femmes aiment trop faire l'amour, elles finissent par faire mourir le mari d' épuisement).

Le descendant de l'explorateur du village Masanga M'bila se retrouva ainsi avec onze femmes. Et l'obligation de les satisfaire.

Désormais il eut besoin de se reposer le jour et, pour reprendre des forces, afin de rester actif toutes les nuits, de consommer du « tangawisi » (gingembre ou Ginger vitale) arrosé de… vin de palme !

DES GÉNÉRATIONS PLUS TARD

Les années passèrent.

Les générations se succédèrent.

Les descendants de l'explorateur se dispersèrent vers tous les points cardinaux.

Ils gardèrent la fierté se dire des « originaires » du village Masanga M'bila.

Et, plus tard, dans les villes, ils connurent bien d'aventures.

Par exemple, que penser aujourd'hui du respect de la parole donnée ? Rares sont les personnes qui la respectent et les conséquences sont malheureusement dramatiques. Il suffit d'ouvrir les yeux pour s'en rendre compte.

Du temps de Masanga M'bila, la loi écrite n'existait pas, mais les sentences étaient les mêmes pour tout le monde indistinctement et non comme l'a dit Jean de La Fontaine :

« Selon que vous serez puissant ou misérable, les jugements de cour vous rendront blanc ou noir ».

La femme quittera son père et sa mère pour ne former qu'un seul corps et une seule chair avec son mari

Un originaire de Masanga M'Bila atteignit l'âge de se marier. Il se confia à son père, et devant son acceptation, il lui donna les noms de la fille qu'il désirait épouser et ceux de ses parents. Le papa entreprit et acheva toutes les démarches ; les deux familles se mirent d'accord sur la dot à verser avant que le mariage coutumier ne soit célébré.

Les fiancés se réjouirent et se promirent fidélité pour toute leur vie.

Tout se passa bien et quand la dot fut versée, le mariage coutumier eut lieu. Les deux tourtereaux purent, enfin, assouvir leur amour longtemps maîtrisé.

L'homme devint un commerçant prospère. Sa richesse pouvait satisfaire matériellement sa moitié. Le couple vivait heureux.

Malheureusement, leur bonheur ne dura que le temps de deux accouchements. Au troisième, le nouveau-né mourut. L'homme se fâcha et rejeta la cause sur la femme qui, elle, n'arrêtait pas de pleurer la mort du bébé.

« *Libala ekomi bololo* »
(Le mariage devint amer).

L'homme ne parlait plus à sa moitié et, comble de tout, il ne supportait même plus sa présence auprès de lui. Pourtant, la femme n'était en rien responsable du drame. Au lieu de la consoler, le mari, piqué par on ne sait quelle mouche, s'acharnait à l' accabler d' accusations et d' insultes :

« *Si ce n'est toi la responsable, c'est donc ton frère ou quelqu'un des tiens qui l'aurait ensorcelé* » ne cessait-il de répéter, comme dans la fable « *Le loup et l'agneau* » de Jean de La Fontaine.

Il croyait qu'avec sa richesse, il était devenu puissant et qu'il pouvait tout se permettre. Mais la richesse ne lui permettait même pas d'emporter sa moitié hors du foyer et de la consommer comme le loup fit de l'agneau. Bien au contraire, il préféra déserter le domicile conjugal, oubliant complètement son engagement d'avant le mariage de rester fidèles toute leur vie.

La réalité lui ouvrit les yeux et lui révéla qu'il n'en était pas ainsi :

« *La richesse ne fait pas le bonheur* ».

L'épouse attristée, humiliée et traumatisée maigrissait de jour en jour. Le père du mari, fidèle aux valeurs de Masanga M'bila, s'en rendit compte. Il leur rendit visite à deux reprises, sans parvenir à rencontrer son fils. La troisième fois, il amena avec lui sa vieille chaise longue et sans dire mot, il s'installa dans la véranda pour attendre son arrivée. Le commerçant qui avait passé la nuit ailleurs revint au premier chant de coq. Il fut étonné de trouver son père en train de fumer sa pipe, allongé dans sa chaise longue. Très calme, le *papa* lui demanda d'aller chercher son épouse à l'intérieur de la maison et de l'amener avec lui.

C'était la première fois depuis la mort de leur troisième bébé que le mari devait approcher sa femme. Il la vit fort amaigrie et presque mourante. Elle n'était plus la belle femme qu'il avait amoureusement aimée. Elle n'arrêtait pas de verser des larmes. Le remords le saisit aussi et il la rejoignit dans ses pleurs, jusqu'à implorer son pardon.

Tous les deux, pleurant, vinrent retrouver le papa toujours allongé et imperturbable avec sa pipe. Il demanda au fils s'il reconnaissait la femme à côté de lui. Gêné, il avoua que c'était son épouse.

Le papa demanda encore si, physiquement, c'était toujours la même femme qu'il avait aimée éperdument et pour laquelle il avait tant insisté pour accélérer les pourparlers du mariage coutumier et verser la dot.

Pour toute réponse, l'homme se blottit dans les bras de sa compagne, pleurant davantage, en poussant des lamentations de désespoir.

« Pardon pour tout le mal que je t'ai causé ».

Alors, le papa leur tint un long discours sur le respect de l'engagement et de la parole donnée. Puis, il bourra sa pipe, tira quelques bouffées d'une fumée blanche qu'il projetait vers le ciel. Il plia sa chaise longue et il repartit chez lui, rassuré que son fils eût compris et retenu la leçon.

Oui, il l'avait tellement bien digérée que toute la journée du lendemain fut une grasse matinée pour les deux époux. Seul l'oreiller, leur confident et complice, aurait été à même de répéter ce qu'ils se dirent et firent ensuite.

Leur mariage redevint normal.

Les deux époux se mirent à se cajoler davantage pour oublier les mauvais souvenirs et rattraper le temps perdu.

Le mort n'est pas mort : il contrôle l'exécution de la parole lui donnée

Un fils et sa sœur jurèrent à leur père mourant de continuer à entretenir et à s'occuper de ses grandes plantations – des biens hérités après plusieurs générations au village Masanga M'bila. Tout alla bien et le papa mourut paisiblement, pensant que l'héritage de ses ancêtres se trouvait dans de bonnes mains.

Mais quelques années plus tard, les enfants vendirent tout l'héritage et s'envolèrent vers des contrées lointaines. Le garçon rejoignit l'héritière d'une grosse fortune, et s'installa chez elle, après leur mariage. La fille s'éprit d'un homme venu d'une localité lointaine, qui l'avait envoûtée par de belles et mielleuses paroles d'amour.

Mais qu'avaient-ils fait de la parole donnée au papa ? Voilà que de là où il s'était retrouvé, le père se fâcha et appela à lui ses deux enfants.

Et les deux ne tardent pas à le rejoindre dans la tombe.

Une fillette tombe amoureuse
de son enseignant

Une fillette, originaire de Masanga M'bila, avait à peine treize ans. Mais elle tomba amoureuse de son instituteur, un jeune homme beau, élégant et toujours bien habillé. Mais il avait tout de même l'âge de son père. Quand il marchait, ses souliers grinçaient de manière telle que la fille et ses amies lui criaient des onomatopées :

« ko gne gnekese, ko gne gnekese… »

L'enseignant finit par le remarquer, chaque fois qu'il passait devant le groupe de fillettes, mais il restait indifférent aux provocations, sans savoir que c'étaient des sollicitations.

« Je n'ai rien vu ; je n'ai rien entendu ».

La fillette originaire de Masanga M'Bila était de grande de taille. Elle avait surtout une poitrine généreuse d'adolescente. Elle était en puberté précoce (PP) et croyait qu'elle était déjà devenue une vraie femme, et même plus tôt plus que ses aînées.

Pressée, elle jura d'ébranler l'indifférence de l'enseignant. Elle décida de prendre la direction des opérations. Il serait intéressé, car on disait qu'il avait un beau tableau de chasse.

Un soir, après l'école, elle se maquilla et se rendit à l'habitation du jeune homme qui avait néanmoins l'âge de son propre père. Elle était déterminée à s'offrir en sacrifice et à ajouter son nom sur la longue liste de ses conquêtes féminines.

L'enseignant s'apprêtait à se marier dans les mois à venir et il s'était discipliné après avoir fait le choix de sa future épouse à qui il avait donné sa parole d'honneur.

Mais elle ne savait que faire de ces promesses-là ; elle n'avait qu'une idée en tête : conquérir, ne fût-ce que pour un jour, le cœur d'un bel homme en période de chasteté :

« Quoi ? Il se croit plus saint que le Pape ? »

Et elle frappa à la porte. Et elle entra avant même qu'on lui ouvre. Et sans dire un mot, elle allongea ses lèvres lisses en un grand sourire et lançant de sa bouche gourmande une langue curieuse et exploratrice. Au même moment les bretelles de sa blouse tombèrent comme par elles-mêmes découvrant une paire de seins semblables à des aimants qui attirèrent irrésistiblement la poitrine de l'homme.

« Quelle audace ! » se dit l'homme, dans sa première réaction d'écarter l'intruse et de la pousser hors de sa maison.

Mais tous les habits de la fille avaient glissé sur ses talons. Elle ne portait aucun sous-vêtement. Et son corps semblait dire :

« Je suis chaude ! Je suis fraîche ! »

L'enseignant n'avait jamais connu pareille situation. Lui, le conquérant des femmes, il était conquis. Lui, l'adulte, il était désarmé.

« Il n'y a pas que les femmes qui sont violées ».

Très déterminée, la jouvencelle déboutonna son pantalon, sans aucune réaction de sa part. Il se laissait faire.

« Il était comme ivre. Pourtant, il n'avait pas consommé du vin de palme de Masanga M'bila ! »

Et il prit possession de celle qui s'offrait à lui gracieusement. Il n'entendit même pas sa conscience qui lui reprochait :

« Qu'est devenue la parole donnée à ta fiancée ? »

Ko linga linga mibali misusu te : tiens-toi au serment donné à ton époux

Au temps de « *ngala ya ba petits mbongo* », on avait oublié les coutumes de Masanga M'bila. Des petites filles devenaient des femmes avant même la puberté.

Un homme d'une quarantaine d'années s'éprit d'une fillette âgée d'à peine douze ans. Il la rencontra alors qu'elle faisait le trottoir en demandant aux passants :

« *Pesa ngai meya* »
(donne-moi cinquante centimes).

L'homme la prit jusque chez lui. Là, dans l'intimité, il constata avec satisfaction que la fillette était une vraie femme, et à tous points de vue. Et il décida de l'épouser.

C'était l'époque des « *petits mbongo* ». Personne ne s'en étonna. Les parents de la fillette marquèrent leur accord. Et l'homme s'acquitta de la dot. On célébra le mariage.

« *Veux-tu devenir ma femme ?* »

« *Oui, je le jure devant mes parents!* »

Les deux s'embrassèrent, et l'homme emporta sa conjointe. Elle était très jeune ; elle n'avait même pas encore eu ses menstrues. Cela ne les empêcha pas de vivre pleinement en couple et de connaître d'agréables mo-ments. Fol amoureux, le mari fut patient et attentionné pour apprendre à la jeune à tenir la maison et à préparer des repas savoureux.

Un jour, la fillette voulut revoir ses anciennes compagnes de rue et savoir ce qu'elles étaient devenues. Mais dès qu'elle sortit, elle fut abordée par un inconnu qui avait tout l'air de l'avoir attendue devant la porte.

« Tu viens avec moi ? » dit-il.

Il lui dit que c'étaient ses anciennes amies de rue qui lui avaient fourni son adresse. Mais la jeune mariée lui afficha une indifférence totale. L'homme insista et lui raconta toutes sortes de choses sucrées pour lui plaire.

« Je te ferai connaître ce que tu n'as jamais connu »

Entendant cela, elle commença à hésiter. Elle se souvenait de l'ancienne époque où elle accompagnait des inconnus en leur demandant :

« Pesa ngai meya »

Et ils lui imposaient toutes sortes de caresses. Mais depuis son mariage, son mari ne la comblait qu'avec une seule sorte.

Elle fut tentée par la curiosité.

« Et puis, ce ne sera qu'une expérience passagère. Et puis, ce type est un inconnu qui disparaîtra de ma vie. Et puis, j'oublierai tout »

Elle accepta les avances de l'homme. Mais elle ne pouvait tout de même pas tromper son mari sous le toit conjugal ni pour long-temps. Elle lui exigea de faire vite dans le *« kikoso »*, un emplacement clôturé et amé-nagé en plein air pour se laver. L'inconnu accepta et opta pour la posture debout *« à la courbature »* dit-il.

« Mais la curiosité peut amener des surprises et sou-vent même des désagréments inattendus. Surtout avec des inconnus ».

L'homme était, en réalité, un évadé de pri-son où il écopait une condamnation à perpé-tuité. La police le recherchait. Lui, il recher-chait autre chose : cela faisait vingt années qu'il n'avait plus connu de femme.

Les voilà dans le *« kikoso »*. Mais l'étreinte rapide dura deux bonnes heures. Pendant ce temps, la fille se tordait de douleurs ; elle pleurait, mais elle ne pouvait pas se défaire de l'étreinte vigoureuse de l'inconnu. Elle était couverte de sang. Finalement, l'homme poussa un long cri de satisfaction et s'arrêta net.

Il raconta à la fillette la cause de sa brutalité.

« Ce que je t'ai fait, c'est la faute de ta propre mère. Je l'avais sauvée des griffes d'un violeur que j'ai tué. J'ai ensuite été condamné à la prison à perpétuité. Cela fait vingt années, et aucune fois, elle ne m'a rendu visite ni remercié. Maintenant, va voir ta propre mère. Va lui dire et lui montrer ce que je t'ai fait. C'est elle la coupable ».

Sur ce, il disparut, laissant la fille pleurant, et tout ensanglantée.

« Olukaka makambo oko zwa »
(Tu cherches des problèmes, tu en trouves).

La curiosité d'un moment lui avait laissé des marques qu'il ne pourrait jamais expliquer à son mari. Il ne devait surtout pas savoir.

Elle fit ce que le condamné lui avait demandé et elle partit chez sa propre mère. Et, toute en pleurs et en sang, elle lui avoua tout.. La mère, une originaire de Masanga M'bila, compatit, décida de ne rien dire et de la soigner.

Elle dépêcha un messager au mari pour lui dire que sa jeune femme avait un épisode de règles abondantes et douloureuses et qu'elle devait la garder le temps de la guérison. Mais à sa fille elle dit ceci :

« Mwana na ngai, linga mobali nse moko oyo yo olingi. Ko linga linga mibali misusu te. Mbwa azali makolu minei kasi alandaka nzila nse moko. Yo na makolu mibale kolanda nzila mibale te. Mobali wana asali yo boye, na lingaki ye te. Oyo ngai na lingaki abomi ye. Yango wana na koki ko mona ye te ».

(Ma fille, aime un seul homme, celui que tu aimes. N'aime pas d'autres. Le chien a quatre pattes, mais ne suit qu'un seul chemin. Toi avec deux pieds, ne suis jamais deux chemins. Je n'ai jamais aimé l'homme qui t'a mis dans un tel état. Il a tué celui que j'aimais. C'est la raison pour laquelle je ne peux le voir).

Depuis lors, la fille comprit et devint une épouse fidèle.

Dans la sagesse des gens de Masanga M'bila, ce qui lui était arrivé était simplement dû au non-respect de son serment vis-à-vis de son mari.

Quand la curiosité mène à la perte de son fromage…

Une veuve, elle aussi originaire de Masanga M'bila, n'avait qu'une fille. Elle se coupait en quatre pour bien l'élever. Ce que voyant, la fille lui promit solennellement de prendre soin d'elle quand elle aura terminé ses études et trouvé un emploi rémunérateur.

Elle parvient à atteindre, tant bien que mal, ses humanités. Un garçon d'une classe supérieure s'offrit gracieusement pour lui donner des cours particuliers sur les matières qui lui semblaient difficiles. Il était d'une telle gentillesse que la fille ne put qu'accepter.

Tout allait si bien qu'elle ne pouvait suspecter de l'indélicatesse de la part du garçon. Quelque temps plus tard, il se mit à lui lancer des fleurs sans lien avec ses progrès scolaires. Il dit qu'elle était ravissante et même la plus belle de l'école. Comme toutes les filles aiment entendre qu'elles sont jolies, elle riait aux anges et était loin de soupçonner que le jouvenceau convoitait le fromage qu'elle détenait, à l'exemple de l'oiseau de la fable de Jean de La Fontaine *« Le corbeau et le renard »*.

Après avoir lancé suffisamment de fleurs à la fille, il lui demanda, un jour, de pouvoir effleurer les bouts de ses seins.

« Tu le mérites, et tu seras récompensée par d'agréables sensations ».

Comme elle ne s'attendant pas du tout à une telle sollicitation, elle recula. Le garçon en rit et n'insista plus.

Les cours particuliers reprirent normalement ; mais la fille se mit à rêver de cette sensation qu'elle ne connaissait pas encore. L'adolescent s'en rendit compte et formula à nouveau sa demande la semaine d'après.

« C'est uniquement pour toi, pour que tu ressentes ce que tu n'as jamais perçu ».

De plus en plus pensive, et poussée par la curiosité, elle finit par accepter, à condition que cela ne soit pas remarqué par les autres élèves.

Ils se retirent dans un endroit caché. Il se mit à caresser le tissu qui couvrait sa poitrine, puis ses doigts glissèrent sous l' étoffe et effleurèrent la peau délicate des seins, puis il les soupesa dans ses mains, puis sa bouche remplaça les mains. Puis… et ainsi de suite jusqu'au moment où elle s'abandonna totalement.

Le moment était venu de s'approprier le fromage. Il le cueillit. Et, sans gêne, il promit de la revoir le lendemain.

En fait, il avait obtenu ce qu'il recherchait après de longs mois de théâtre. Il n'avait plus envie de la revoir.

Elle eut beau le rechercher des yeux ; il devint invisible. Elle comprit en retard que :

« tout flatteur vit aux dépens de celui ou celle qui l'écoute ».

Elle pleura amèrement, se blottissant dans les jupons de sa mère, l'originaire de Masanga M'bila.

Elle renouvela la parole donnée à sa mère de prendre soin d'elle quand elle aura terminé ses études.

Elle jura aussi de ne plus se laisser prendre. Une attitude de sagesse héritée de Masanga M'bila.

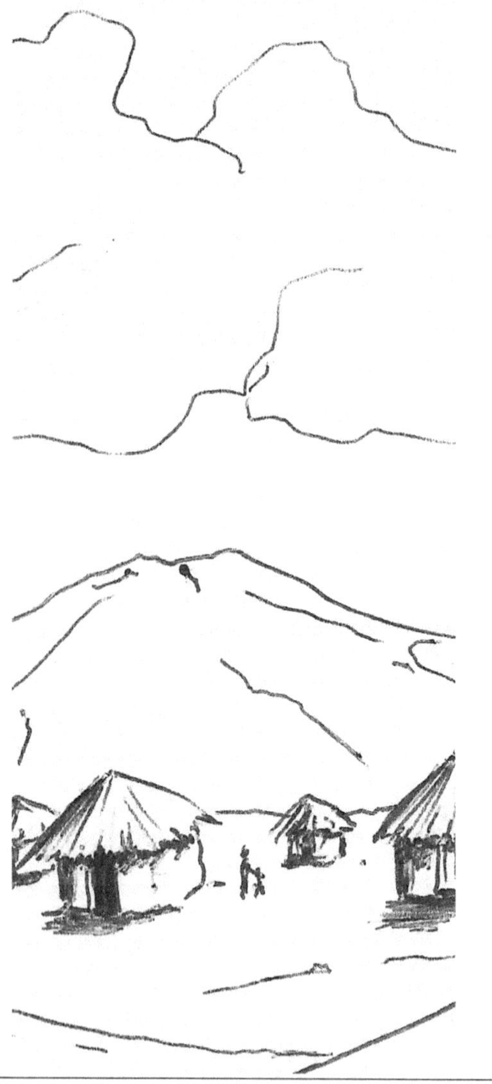

Certaine politique n' est souvent que le non-respect de la parole donnée

Des ressortissants de Masanga M'bila ont accédé à de hautes fonctions et ont été entraînés dans le tourbillon de la politique.

Que penser, en général, des politiciens congolais et de leurs promesses électorales ?

Tous, sans exception, promettent monts et merveilles à un électorat non averti qui, comme les moutons de Panurge, suit ces beaux parleurs et occasionnels distributeurs d'un jour, de boissons et de vivres. C'est à se demander quand le peuple comprendra leur jeu ?

Les anciens de Masanga M'bila disaient toujours :

« Buzoba liboso, mayele sima »
(La bêtise vient avant et la réflexion après).

Aucune fois, la parole donnée avant les élections n'a été respectée. Et pourtant, l'électorat continue à y croire, malgré la sonnette d'alarme tirée par Christine de Suède dans *Maximes et pensées* de 1682 :

« L'homme le plus méprisable est celui qui vous promet beaucoup, et qui ne tient jamais sa parole ».

On entend souvent dire qu'avec moi – si je suis élu – vous connaîtrez une vie meilleure, des routes asphaltées ou bien entretenues, des bus de transport partout, de l'électricité sans délestage, de l'eau sans coupure, de l'approvisionnement constant en vivres et en médicaments, du travail pour tous les finalistes du secondaire et tous les diplômés des universités, la fin des tracasseries policières, etc.

Mais après les élections, que voit-on ? Un peuple plus pauvre qu'avant, des routes de plus en plus impraticables surtout après une pluie, des bus, taxi-bus et taxis n'ayant plus que ces noms, de moins en moins d'électricité alors que des pays limitrophes s'approvisionnent en courant fourni par la R.D.C, des robinets sans eau potable et sans pression toute une semaine durant si pas plus, des vivres essentiels devenant rares en certaines périodes de l'année, des diplômés d'université pratiquant des métiers de changeurs de monnaie ou de chauffeurs de taxi par manque d'emplois, davantage de tracasseries policières et d'agents de l'administration ; une Justice sans sagesse ni coeur, etc. Et les prometteurs de beaux jours de disparaître sans laisser d'adresse...

En 2016 les politiciens avaient affûté leurs armes pour les élections. Le peuple se demandait, avec anxiété, ce que les politiciens allaient leur apporter. Mais au lieu de s'entendre et de songer à des élections libres et pacifiques, chacun tirait la couverture de son côté, rejetant la faute à l'autre.

Et le peuple n'avait plus qu'un soupir :

« To lembi ko swana swana na bino. To ko zila mbolamu ti wapi tangu »

(Nous sommes fatigués de vos continuelles disputes. Nous allons encore attendre la réalisation de vos promesses électorales jusque quand ?)

Comme chantait aussi un musicien de Lubumbashi:

«Honorable, honorable, una rudiya tena — depuis tudi kuvotaka kia kabayila ahuya fuanyaka, uko mpaka na lala mabushingi mu assemblée — una vimba ntumbo mu makuta ya peuple — una negliger ba peuple, kile wiko ndju ya peuple — a mushima mubi honorable — ba nduku yangu tu fungule matsho i muaka dju ya kutshakula ba shitulande tena — cette fois-ci je veux, je veux, NON tuna katala, désolé… »

(honorable, tu reviens encore – depuis que nous t'avons voté, tu ne fais rien d'autre que dormir à l'assemblée – tu as grossi de ventre avec l'argent du peuple – tu as négligé le peuple alors que ce que tu es c'est grâce au peuple – mauvais cœur honorable – mes frères, ouvrons les yeux cette année pour voter, que l'on ne nous suive plus encore - cette fois-ci, je veux, je veux, NON, nous refusons, désolé)

« *La promesse est une dette* », dit-on.

Que les politiciens se rendent compte que ce sont eux qui sont débiteurs et non l'inverse. En ne respectant jamais leur parole, cherchent-ils à devenir ignominieux ou affables ?

Comme c'est triste et abject, de ne jamais respecter sa parole !

Une des leçons du village Masanga M'Bila.

Lubumbashi, le 15 avril 2016[1]

---

[1] Pour être publié le 1er juillet 2016 et ses 89 ans

PROJET « LIVRES POUR LA R.D.C »

Dans le temps, les Sages communiquaient et éduquaient sous un grand arbre ou le soir autour du feu.

Ce trait culturel persiste: les nouvelles générations sont programmées pour être des récepteurs passifs, alors que les émetteurs, les anciens sont rares ou inaudibles.

Ce malentendu est fatal. La *tradition orale* n'est plus. La nouvelle tradition, c'est d'écrire et de lire des livres.

Mais on ne lit pas assez ! ou pas du tout ! Pire, les gens n'ont même pas à lire ! La situation du livre est préoccupante, mais pas désespérée.

Le projet explore toutes les possibilités de promotion de l' écriture et de la lecture de livres.

Il faut des auteurs et des éditeurs de livres de qualité et répondant aux goûts et aux besoins des lecteurs. Il faut une diffusion agressive à l' 88chelle nationale et international, avec plusieurs supports (papier et numérique).

Le projet a obtenu l'exonération de douanes à l'importation de livres, édité des Ebook, audiolivres et ouvrages avec des codes ISBN référencés internationalement. Il vise la diffusion dans tout le Pays et un prix en dessous de la barrière psychologique de $10.

Les expériences du Projet sont mises gracieusement à la disposition des auteurs.

Marcel YABILI

Paul-Louis Kabasubabo avait confié au projet la réédition de ses neufs livres

PROJET « LIVRES POUR LA R.D.C »

Ils ont été à l'école pour apprendre à lire, mais une fois diplômés, ils ne lisent plus de livres !

ACCORD D'ASSISTANCE GRACIEUSE POUR EDITION LITTERAIRE n°4

Attendu que la lecture de livres est d'utilité publique :

1. Le soussigné de seconde part déclare connaître le projet de livres pour la RDC présenté par le soussigné de première part, au salon du livre de Lubumbashi en date du 14 décembre 2014 et visant la ré en l'édition d'ouvrages de qualité et répondant aux goûts et aux besoins de la lecture congolaise ainsi que leur diffusion sous de supports multiples et à l'échelle nationale avec une visibilité internationale ;

2. Le soussigné de première part met à titre gracieux, à la disposition du soussigné de seconde que accepte, ses recherches, contacts, domiciliations, expérimentations pour la réalisation technique et la diffusion d'ouvrages sous de multiples formats.

Fait en date du 14 avril 2016

Soussigné de première part   Soussigné de seconde part

Nom : Paul KABASUBABO Koni
Adresse :
Email : paulkoni@yahoo.fr
Titres des ouvrages
- Ma vie
- La fuite
- Congo
- Volume Bisonga : Amour, Célébrations, Fécondité
- Volume Madame, Confidence, En village

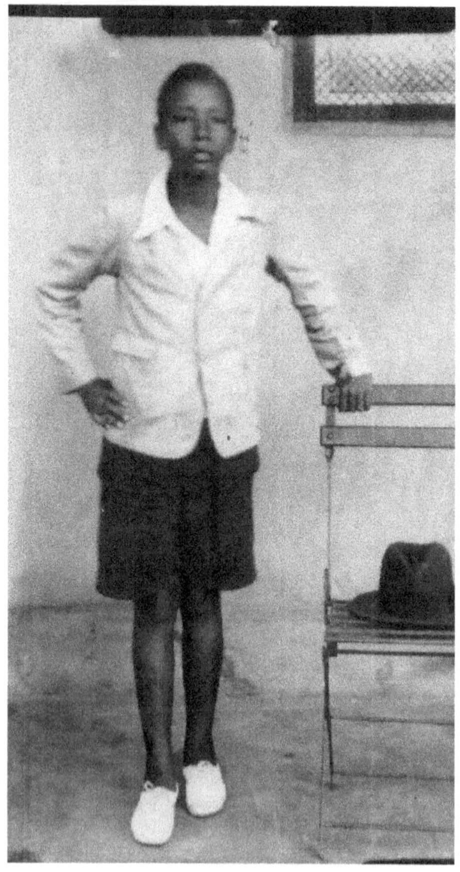

La couverture de son premier livre

Ma vie, un rude combat

Paul Louis Kabasubabo naît à Lusambo (Congo) en 1927. Il est le second fils de Jeanne Kalombo Koni - fille d'un chef de tribu Nsapu Nsapu - et d'un haut fonctionnaire belge, qui les délaisse après quelques années de vie commune.

Paul Louis et son frère Georges sont ensuite envoyés à la Colonie scolaire de Borna, un internat tenu par les Frères des écoles chrétiennes. Les enfants y suivent une scolarité rythmée par les appels de la cloche de la cour de récréation, entre messes et croyances fétichistes. Ces années sont marquées par les batailles entre clans d'élèves et l'immangeable tambouille, mais aussi par une belle solidarité dès qu'il s'agit d'améliorer le quotidien.

En 1945, Paul Louis est engagé par l'administration coloniale belge. Le jeune fonctionnaire gravit peu à peu les échelons : commis, secrétaire puis agent d'immigration au Territoire de Borna. En 1957, il réussit les examens d'accès aux fonctions supérieures de l'administration, ce qui lui vaut de devenir agent territorial, chef de la vaste zone Boma-Bungu, qu'il parcourt lors de ses tournées d'inspection.

Au moment de l'indépendance du Congo, Paul Louis Kabasubabo quitte Borna pour Kinshasa, où il devient directeur de la gestion du personnel de l'État. L'année suivante, il est nommé secrétaire général au département des Transports et Communications. L'expérience qu'il y acquiert le fera désigner président de l'Office d'exploitation des transports au Congo (l'Otraco) en 1964, puis, sept ans plus tard, président administrateur délégué de la Compagnie des chemins de fer Kinshasa-Dilolo-Lubumbashi.

Malgré l'instabilité qui règne dans le pays, il investit toute son énergie à diriger efficacement ces sociétés, luttant constamment contre l'ingérence politique. Un rude combat… qui l'amène à prendre sa retraite anticipée en 1972.

La lune est-elle habitée ?

« Les pistes se rejoignaient au pied de la colline en un large chemin qui s'élargissait au sommet : la place du marché. Il traversait une double rangée de huttes et se perdait à l'autre extrémité de la colline, aux environs de la case de dieu. Alors que le village semblait très animé, surtout aux heures de marché, la case de dieu pourrissait, visiblement abandonnée.

" Ah ! c'était déjà comme aujourd'hui " - et les anciens interrompaient leur récit, branlant tristement leur tête songeuse : " La richesse éloigne de dieu. " Le village était riche et se passait avec orgueil de l'appui des dieux. Le seul pratiquant était le féticheur Kachama. De dépit, il se rongeait les poings […].

Le village était florissant et son chef, puissant. Ses habitants, naguère belliqueux, possédaient presque tous un ou plusieurs esclaves, produits de leurs guerres contre les tribus voisines. L'autorité du chef s'étendait sur une dizaine de villages clairsemés dans un rayon de cent kilomètres, et sa bravoure était connue à mille kilomètres à la ronde. Gare au village qui engageait une palabre avec lui ! Le chef Koni fondait sur lui avec ses guerriers et le village coupable était irrémédiablement détruit […]. À moins bien sûr que le chef rebelle ne fît soumission et ne payât tribut au puissant Koni. Mais depuis de longues années, le pays vivait en paix. Le grand chef songe, vieillard autoritaire, conduisait son monde à sa façon… »

Paul-Louis KABASUBABO Koni

Congo... Qu'ont fait nos pères du paradis ?

Une question qui tombe à pic alors que le Congo se prépare à célébrer 50 ans d'indépendance, tandis que de larges couches de la population sombrent dans la désillusion.

Après *Un rude combat* qui relatait déjà une vie de lutte contre la gabegie politique au Congo, l'auteur lance un nouveau cri d'indignation face aux dérives des régimes qui se sont succédées depuis l'Indépendance et à la gestion déplorable qui continue de frapper son pays. « L'administration coloniale belge a pourtant légué aux Congolais un pays très prospère, qui était même cité comme modèle parmi les premiers d'Afrique. Aujourd'hui, le pays - malgré toutes ses richesses minières - est classé parmi les plus pauvres du monde. Quelle honte ! »

Comment en est-on arrivé là ? C'est ce que Paul Louis Kabasubabo s'emploie à dénoncer, à tout le moins dans le domaine qui fut le sien, celui des Transports (rail et voies navigables). Que faire désormais pour aider un peuple « qui a célébré l'indépendance de son pays dans la joie et l'allégresse » à sortir d'un tel marasme ?

L'auteur, qui s'appuie sur de nombreuses citations, extraits et rapports divers, espère tirer une sonnette d'alarme « pour qu'ensemble, nous mettions la main à la pâte pour la reconstruction de notre cher beau pays ».

Elongi-sanza se choisit un mari

En quelques courts récits au parfum de légendes ou, mieux, de paraboles riches de signification, l'auteur décline tour à tour les phases de liberté, puis d'aliénation et, enfin, de liberté recouvrée de la femme congolaise. Comment échapper à l'appel - diabolique - des sens, à la toute-puissance des parents ou encore au poids de coutumes fatales à l'équilibre du couple.

Cet ouvrage fait montre d'optimisme : la femme, dans un sursaut de dignité, se libère de l'emprise du passé pour construire un couple selon ses vœux, à l'image de la modernité. À ce titre, ce volume s'inscrit dans le droit fil des précédents ouvrages de Paul-Louis Kabasubabo, qui passe au crible les errements du passé pour mieux croire en l'avenir de son pays et de son peuple.

Les calebasses magiques

« IL était une fois… » un génie maléfique qui s'était établi au cœur de l'Afrique. Il apportait avec lui la méchanceté, la soif du pouvoir et celle de l'argent. Lorsqu'il voulut faire périr les villages de la région où il s'était fixé, « Mvidi Mukulu » (Dieu l'Éternel) envoya une fée pour sauver le pays. Il lui fallut trouver un être au cœur pur et sincère, qui pensait au bien-être des villageois et non d'abord au sien propre. La fée s'en assura avant de lui remettre des calebasses magiques qui lui permettraient de délivrer le dieu de la pluie, prisonnier du génie maléfique. Grâce à son courage, la remit à tomber et la région fut sauvée.

Aujourd'hui hélas, en Afrique, il semble bien que l'ombre du génie maléfique continue de planer et d'effriter la légendaire solidarité de ses habitants. Pourtant, que les politiciens le sachent : la fée est toujours présente dans le ciel africain, prête à distribuer ses calebasses magiques à qui fera preuve d'un amour sincère pour son pays et son peuple. L'occasion s'en présentera bientôt avec les élections présidentielles et législatives, prévues fin 2011 en République Démocratique du Congo. Le peuple - le souverain primaire - va-t-il longtemps encore laisser se confisquer le pouvoir légitime ?

L'amour ne vieillit jamais

Amours déçues, séparations, divorces... Réalité quoti-
dienne, semble-t-il, de nos jours. Mais comment donc s'ai-
mait-on en Afrique, au temps lointain des aïeux ? Il est des
contes qui pourraient,
modestement, éclairer bien des couples aujourd'hui.

Car à défaut de savoir lire et écrire, les ancêtres, en Afrique
comme ailleurs, avaient pour habitude de nourrir les jeunes
générations de récits empreints d'une morale de vie. Ces
contes et légendes éveillaient leur attention sur des situa-
tions susceptibles de se présenter un jour, plus tard. Les
jeunes gardaient en mémoire ces exemples et savaient à
quoi s'en tenir, s'ils se trouvaient en pareil cas.

L'histoire de Kabundji, ce fils prodige et père modèle, pro-
pose un cheminement semblable. Apprentissage de la vie,
découverte du monde et de ses turpitudes, surprise de
l'amour : de très jeunes gens vont se trouver, du jour au
lendemain, confrontés aux (in) fortunes de l'existence.
Mais, soutenus par l'exemple de leurs parents, ils finiront
par trouver l'âme sœur et s'efforceront de préserver
l'amour éternel. Voilà pourquoi, prétend l'auteur,
« L'amour ne vieillit jamais »...

Puissent les jeunes prendre la peine de lire ce petit récit et
d'en saisir la portée !

Mulume, l'homme aux dix épouses et aux cent enfants

Dans le lointain passé de l'Afrique ancienne, « la seule façon pour la jeunesse d'apprendre les bonnes manières était d'écouter sagement les anciens. Un vieillard - riche ou pauvre - jouissait de considération : sa femme le soignait, ses enfants l'adulaient, les villageois le vénéraient et le chef village se déplaçait pour entendre ses conseils avisés.

C'est ainsi que s' ouvre ce conte philosophique de Paul Louis Kabasubabo Koni. Il y déplore la dérive actuelle, calquée sur le dangereux modèle de l'Occident : « Les choses ont tellement changé que le vieillard n'a plus droit à aucune attention. [...] Ah ! Si la simple crainte de représailles posthumes pouvait encore hanter le monde d'aujourd'hui ! Quoi que l'on dise ou que l'on pense, les aïeux africains étaient moins ignares qu'on ne le croit. »

Et pour mieux alerter les consciences sur le sort réservé aux anciens, l'auteur déroule une sorte de fable, une parabole qui met en scène une famille unie, soudée autour des vieux parents et soucieuse de respecter les coutumes éprouvées.

La vengeance du dieu de la forêt

Jadis, au coeur de l'Afrique. Un jeune couple s'enferme dans l'égoïsme d'un amour dévorant. Mais après avoir prêté serment aux divinités, les époux reviennent sur la parole donnée. Les dieux alors se vengent…

Ce conte aux allures de fable philosophique relate les méfaits d'une insolente passion, du non-respect de la parole donnée et de l'amour filial bafoué ; il s'achève pourtant sur une note optimiste : affirmation de l'existence d'un Être supérieur, bienveillant envers les travers humains.

Paul-Louis Kabasubabo poursuit ici dans la veine de ses ouvrages précédents et, sous couvert de la fiction, rappelle une fois encore les valeurs essentielles auxquelles il croit. Foi en l'amour sincère, tendresse de l'attachement filial, respect de la fratrie et des Anciens.

La confiance se mérite

Par le biais d'une fiction, Paul-Louis Kabasubabo entend attirer l'attention de ses contemporains sur danger des fausses promesses électorales.

L'actuelle République Démocratique du Congo en effet à la veille d'élections importantes, et le réflexe citoyen commande de veiller à l'intérêt tous plutôt qu'à l'enrichissement personnel de quelques prétendus « Honorables », indignes en réalité de la confiance du peuple.

Pour illustrer son propos, l'auteur croque ici deux destinées que tout oppose. Un fils aîné imbu de lui-même, préoccupé de son seul de ses ancêtres. Il laisse derrière lui un père vieillissant, une jeune femme et un fils - qu'il oubliera tout aussitôt. C'est son frère cadet qui gagne alors la confiance du peuple grâce à sa grande probité ainsi qu'à des réalisations concrètes en faveur du village. Il deviendra dès lors le chef incontesté de ses administrés, prêts à l'aider et à le soutenir en toutes circonstances.

Un récit optimiste, qui veut croire en l'avenir des hommes intègres…

Ce livre est édité par

LIEU DE MÉMOIRE

musée familial ®

Ceci est un lieu de MÉMOIRE

Mémoire des parents, pionniers, arrivés seuls
De partout: du pays et du monde
Pour bâtir un village, cette ville
Avec courage et moralité.

Mémoire de leurs enfants
Qui ne sont pas venus d'ailleurs,
Ils sont nés ici;
Ici est leur village d'origine.

Mémoire de leurs descendants restés ou rejoints
Ou partis au pays et vers le monde,
Disséminer des racines communes
De fraternité, d'éducation et de valeurs civiques.

*Parce que la mémoire de notre famille ordinaire
Ravive celle des autres familles ;*

*Parce que nos mots et nos images sont plus sincères
qu'au travers des filtres des politiciens et des historiens;*

*Parce que nos petites histoires familiales
Valet les saveurs de grands romans !*

Plaque d'entrée au Pavillon Philippina.

(Nb. également : Pavillon Odetta et Espace Victor)

Mars 2015 : le couple Kabasubabo découvre le Musée

Septembre 2015 : le Musée présente son livre
La confiance se mérite

Avril 2015 : ultime visite de P-L Kabasubabo

2017 : accord pour le projet d' exposition au Musée
pour les 90 ans de P-L Kabasubabo

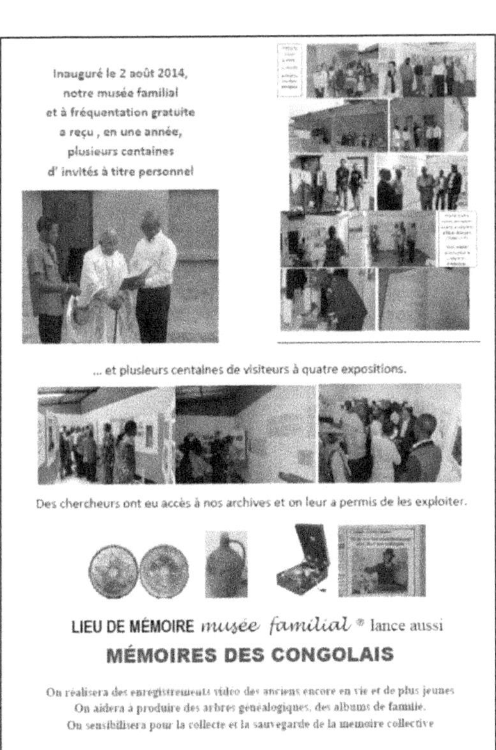

Autre publication du Musée Familial Yabili
© 2015 Marcel Yabili

Chroniques extraites d'un fonds numérique du musée
de 20.000 pages d'actualités de 2001 à 2006

Amazon.fr (. com ;. ca) *ISBN : 979-10-94969-03-8*
Editions Mediaspaul RD Congo ISBN 979-10-94969-04-5
Ebooks : Epub ISBN 979-10-94969-05-2
: Mobi/Kindle ISBN 979-10-94969-07-6
Ressources : CD - PDF ISBN 979-10-94969-06-9